COLLECTION DE

PRÉCIS HISTORIQUES,

PAR ÉD. TERWECOREN, S. J.

UN MOT SUR L'ÉDUCATION RÉVOLUTIONNAIRE.

PAR ÉD. T.

BRUXELLES,

LIB. DE H. GOEMAERE, SUCC. DE VANDERBORGHT,

Marché-aux-Poulets, 26.

—

1852

16e livraison.—2e d'août.

UN MOT

SUR L'ÉDUCATION

RÉVOLUTIONNAIRE,

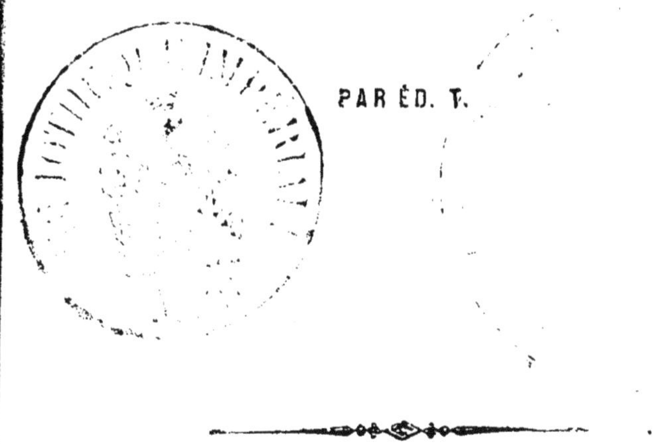

PAR ÉD. T.

BRUXELLES,

LIB. DE H. GOEMAERE, SUCC. DE VANDERBORGHT,

MARCHÉ-AUX-POULETS, 26.

—

1852

APPROBATION.

Ayant fait examiner l'opuscule : *Un mot sur l'éducation révolutionnaire*, nous en permettons l'impression.

Malines, le 26 *juillet* 1852.

P. CORTEN, *Vic. Gén.*

Imp. de J. Vanderevdt, rue de Flandre. 104

UN MOT SUR

L'ÉDUCATION RÉVOLUTIONNAIRE.

La cause immédiate du malaise actuel de la société semble être dans la nature révolutionnaire de la fin du dernier siècle. C'est là qu'on trouve les éléments de ces troubles qui nous agitent encore, et qui ont menacé plusieurs États d'être précipités dans d'effroyables abîmes. C'est là qu'on découvre le germe déjà développé de toutes les doctrines antireligieuses et antisociales qui désolent le monde. Alors, comme toujours dans les temps de crise, on voulut préparer une génération nouvelle; l'éducation subit des changements désastreux. On érigea en principes les systèmes les plus funestes.

Depuis vingt à vingt-cinq ans, le terrain avait été déblayé. Laissons parler le savant Theiner (1).

« La blessure faite à l'éducation de la jeunesse, dit-il, par la suppression de la société de Jésus,

(1) *Hist. des instit. d'éduc. eccl.*, t. I, p. 400.

était incurable. Les partisans des lumières, les philosophes français, voulurent y substituer leur nouveau système, que l'on peut caractériser en deux mots, en disant qu'il consistait dans le mépris le plus impie de toute religion et la haine la plus invétérée contre tout gouvernement, contre toute autorité légitime; c'était là ce qui devait remplacer le système des jésuites, dont le temps avait démontré l'efficacité, puisque pendant plus de deux siècles il avait été le soutien du trône et de l'autel. Ces héros qui prétendaient à l'honneur d'éclairer le genre humain, s'inquiétaient au fond fort peu de la science. Tous les nobles sentiments de convenance, de droit, de morale et de vertu furent arrachés du sein de la jeunesse, afin que, vide de cœur et d'esprit, elle pût être mûre pour les actes les plus vicieux et les plus criminels. On promettait de lui enseigner tout ce qu'il était possible de savoir; aucun sujet ne devait être exclu des études. Les jeunes gens devaient désormais savoir en peu de temps raisonner sur tous les arts et sur toutes les sciences; ils devaient apprendre la danse, l'escrime, l'équitation, la lutte, la natation et toutes sortes d'amusements semblables; mais point d'instruction approfondie, point de religion, point de vertu. Or, tout ce charlatanisme d'éducation encyclopédique se bornait au fond à l'instruction la plus commune; et celle-ci ne devait être donnée que par les moyens et dans les circonstances dont je viens de parler. D'Alembert fut l'inventeur et le chef de ce système infernal de corruption. — « Tâchez d'éclairer la jeunesse au- » tant que vous le pourrez, » — lui écrivait Voltaire le 15 septembre 1762. Et ce même Voltaire avait si bien avancé son travail à cet égard, que dès l'an 1764 il put écrire à son ami le marquis de Chauvelin : — « La lumière s'est tellement répan- » due de proche en proche, qu'on éclatera à la » première occasion, et alors se fera un beau ta- » page. Les jeunes gens sont bien heureux, ils » verront de belles choses. » —

» Louis XVI versa des larmes amères sur la secousse violente que l'éducation de la jeunesse avait soufferte par la destruction des jésuites, et accusa, dans de généreuses paroles, M. de Choiseul des maux qui s'en étaient suivis (1). Sou-

(1) « Le gouvernement, écrivait Louis XVI en 1777, faisant le portrait de M. de Choiseul, que l'on a trouvé dans ses papiers; le gouvernement avait toujours accordé une protection particulière à cette célèbre société qui élevait la jeunesse dans l'obéissance aux lois, dans la connaissance des arts, des sciences et des belles-lettres. Choiseul seul livre cette société célèbre aux persécutions des parlements, ses ennemis, et la jeunesse aux systèmes de la philosophie ou à l'influence des opinions les plus dangereuses des parlements. La destruction

lavie s'exprime à ce sujet d'une manière non moins touchante; lui aussi attribue le renversement du trône et de l'autel à l'éducation introduite par les philosophes. — « M. de Choiseul, madame de Pompadour et les parlements, » dit Soulavie, « ont renversé la société de Jésus, qui
» avait été fondée à l'époque la plus remarquable
» de la régénération des monarchies modernes,
» dans le but d'inspirer aux cœurs de la jeunesse
» des sentiments qui pussent leur servir d'ap-
» pui. La nouvelle génération se trouve, depuis
» l'an 1762, privée de l'enseignement des jésui-
» tes, qui avait en vue le respect des rois et
» l'amour de tout ce qui est bon et beau, et mise
» au contraire passionnément en rapport avec la
» doctrine des innovations philosophiques. L'in-
» fluence des écrits de Voltaire et des doctrines
» de Rousseau sur l'esprit de la génération qui
» a accompli la révolution française, suivit immé-
» diatement l'influence de l'enseignement des
» jésuites sur les générations précédentes. L'é-
» ducation ne fut plus soumise à un système
» uniforme. D'une part l'incrédulité, et de l'autre
» le mépris de toutes les règles des anciennes

des jésuites a causé un vide qu'au grand détriment et de l'éducation de la jeunesse et des sciences, aucune autre corporaion n'a pu combler. » (Voy. Soulavie, *Mémoires du règne de Louis XVI*, t. I. p. 88 et 91.)

» convenances sociales, remplacèrent le respect » pour les principes moraux et religieux (1). »

» Robespierre s'y prit d'une manière plus audacieuse encore pour transformer la jeunesse. Il craignait que le mode d'éducation recommandé par les encyclopédistes ne suffît pas pour faire de la jeunesse française de bons cosmopolites, et il résolut en conséquence d'assujettir complétement son éducation au caprice et à la volonté arbitraire des autorités politiques. Il s'exprima avec force dans ce sens dans une séance du comité de salut public, et son digne collègue Danton appuya tant qu'il put sa proposition de loi. — « Vous songez sans doute, » dit à cette occasion Robespierre, « à donner à l'éducation un caractère grandiose, tel que l'exigent la forme de » notre gouvernement et les hautes destinées de » notre république. Vous sentirez l'indispensable nécessité de la rendre commune à tous » les Français et semblable pour tous. Il ne s'agit » plus maintenant de former des *seigneurs*, » mais des *citoyens; la patrie seule possède le* » *droit d'élever ses enfants*. Elle ne peut confier » ce trésor ni à l'orgueil des familles, ni aux » préjugés des particuliers, ces soutiens éternels » de l'aristocratie et du fédéralisme domestique

(1) Soulavie, *Mémoires du règne de Louis XVI*, t. II, discours préliminaire, p. 14 sq.

» qui estropie les âmes en les isolant, et qui
» anéantit, avec l'égalité, tous les fondements
» de l'ordre social (1). »

» Qui ne frémirait en lisant ces exécrables principes d'éducation? N'est-ce pas là anéantir toute société humaine, détruire les droits naturels et réduire les familles à n'être que des institutions de procréation aveugle, soumises à l'arbitraire d'un gouvernement fanatique, qui ne doivent avoir d'autres droits que d'engendrer de petites créatures dont l'État pourra faire ensuite ce qu'il lui plaira? Et ces maximes prononcées par Robespierre sur la tribune de sang ont passé, avec plus ou moins de modifications, dans les lois fondamentales de l'instruction publique des États européens. Robespierre avait, à la vérité, besoin de prononcer ces maximes destructives de l'Église et du trône pour transformer la jeunesse en une race de tigres et d'hyènes sanguinaires, telle qu'il la fallait pour l'exécution de ses plans, qui ne tendaient à rien moins qu'à exterminer le genre humain tout entier. — « Re-
» gardez cette génération, s'écrie la Harpe lui-même, naguère engagé dans les liens de l'erreur du siècle, « regardez cette génération qui a eu le
» malheur de naître dans ces temps exécrables et

(1) *Rapport fait au nom du comité de salut public*, par M. Robespierre, sur le rapport des idées religieuses et morales avec les principes républicains, et sur les fêtes nationales.

» qui est condamnée à croître au milieu de la » plus destructive contagion de principes, d'ex» emples, d'actions et de discours, qui jamais » ait infecté le genre humain, sans que dans » quatre ans ces réformateurs du monde aient » été en état de fonder une école dans laquelle » les enfants pussent apprendre à lire, à écrire, » à honorer Dieu et leurs parents (1). » — Après de pareils renversements, peut-on s'étonner qu'un député de la nation française, Sylvain Maréchal, du haut de cette même tribune sanguinaire d'où Robespierre proclamait de si terribles maximes, ait fait entendre ces paroles plus que sacriléges : — « Les hommes, constitués » comme ils le sont, méritent peu qu'on prenne » la peine de les instruire (2) ! »

» De semblables maximes devaient nécessairement changer les Français en véritables Vandales. Tout tomba sous les mains de ces bourreaux; ils n'épargnèrent rien; ils livrèrent à la destruction tout ce qu'il y a de plus saint. Semblables à ces Vandales du XVIe siècle, ces prétendus réformateurs de l'Église, les Vandales du XVIIIe, qui ne différaient des premiers que par le temps, se ruèrent sur les riches bibliothèques des églises et y mirent le feu. — « Le

(1) *De l'état des lettres en Europe*, p. 28, 29.
(2) *Dictionnaire des Athées*, p. 385.

» nombre des livres, » s'écriait le même Maréchal que j'ai cité tout à l'heure, « augmente dans une » progression effrayante. Dans peu, il faudra » nécessairement y porter le *flambeau* de la cri- » tique. On commencera sans doute par les mon- » strueuses bibliothèques de la théologie (1). — » Qui ne connaît l'horrible proposition que Condorcet fit au sein de l'assemblée nationale de brûler en place de Grève la grande et riche bibliothèque du roi avec tous ses inappréciables trésors ou manuscrits? Par suite de cette inconcevable démence, ces superbes bibliothèques des couvents et des évêchés français, si riches en manuscrits de toute espèce, l'orgueil du pays et mines inépuisables de monuments historiques et littéraires, furent réduites en cendres ou vendues à l'enchère à vil prix. La France devint après cela, par le vandalisme de ses philosophes, aussi pauvre en manuscrits que l'Allemagne l'était devenue au XVIe siècle par la barbarie de ses réformateurs.

» Mais on ne s'arrêta pas à la destruction des bibliothèques. On dirigea sa haine contre toutes les institutions d'éducation ecclésiastique, et l'on tomba avec une rage toute particulière sur les séminaires. On les supprima, on les ferma,

(1) *Dictionnaire des Athées*, p. 122.

on y défendit sous peine de mort tout enseignement religieux, et l'on finit même par démolir les bâtiments. S'ils étaient épargnés, on les consacrait à d'autres usages, et on les profanait d'une manière dont on ne trouve encore d'exemples que dans le grand drame de la réformation du XVIe siècle. Personne ne sait décrire ces crimes d'une façon plus touchante que l'éloquent la Harpe. De même que Symmaque déplore la mutilation, la profanation, la destruction des grands et magnifiques trésors de l'ancien empire romain par l'irruption des barbares et des Vandales, ainsi la Harpe déplore les perpétuelles dévastations que les Vandales philosophiques de son temps commettaient dans le domaine des arts, des sciences et de la religion. — « Autrefois, » dit-il en s'adressant aux grands hommes de l'antiquité, « autrefois vous pouviez encore avec » complaisance jeter vos regards sur les anciennes » écoles, où respirait votre génie, où vos noms » étaient honorés, où vos enseignements étaient » répétés; mais aujourd'hui vous devez en dé-» tourner les yeux avec horreur ou avec pitié. Et » qu'y verriez-vous? Des prisons, des solitudes » et la destruction! Ce n'est pas seulement la » basse, aveugle et folle envie qui a voulu dé-» truire tout ce qui pouvait l'humilier; le bri-» gandage insatiable a cherché aussi du butin là

» où il n'y avait point de richesses qui pussent » lui convenir. Tout y est dépouillé, pillé et en- » levé, et des bandits, qui ne savaient pas même » lire, sont tombés sur les dépôts et les monu- » ments des sciences, ont mis leur proie à l'en- » can et l'ont vendue, sans la connaître, au nom » de la nation (1). »

A la vérité, jusqu'en 1789, les maximes du christianisme semblaient encore diriger l'éducation de la jeunesse; mais les États catholiques se virent tout à coup obligés de remplacer les maîtres dans la majeure partie des écoles. Il leur fut impossible de procéder au choix d'hommes nouveaux avec toute la maturité et la circonspection que demandait une affaire aussi importante. Plusieurs de ces maîtres nouveaux ne prêtèrent que trop l'oreille aux principes du philosophisme; le danger et l'erreur de ces doctrines furent démontrés par l'épouvantable cataclysme de la fin du XVIIIe siècle.

Tout avait donc été préparé de longue main: le christianisme dans l'éducation allait s'affaiblissant de jour en jour; les anciennes traditions se perdaient par l'oubli, ou tombaient sous les coups du sarcasme, de la raillerie et de la dérision la plus amère. L'orage éclate enfin: tout s'ébranle, tout menace ruine; la société

(1) *De l'état des lettres en Europe*, p. 26.

semble entrer dans les luttes terribles d'une agonie anticipée.

Pour précipiter sa ruine ou l'empêcher de se relever un jour de son abaissement profond, les sophistes songent à former une génération nouvelle. A une éducation chrétienne et éclairée on substitue les principes d'une éducation aveugle et impie, aussi ruineuse pour les sciences que pour la religion, les États et la famille.

Chacune des trois assemblées qui se succédèrent si rapidement en France et ne signalèrent leur passage sur le théâtre de la terreur que par l'esprit de vertige et de sacrilége, fut saisie de projets d'éducation plus absurdes les uns que les autres.

« Il est incroyable, a dit monseigneur l'évêque de Liége, dans son *Exposé des vrais principes sur l'instruction publique* (1), il est incroyable combien la philosophie enfanta de plans d'éducation et d'instruction publique, sous les divers gouvernements révolutionnaires qui lui mirent le sceptre à la main; mais dans cette variété même, on n'eut pas de peine à reconnaître un même esprit, une même pensée, que se transmirent tous les adeptes de cette philosophie, devenus législateurs. Cette pensée fut *une farouche nationalité sans religion.* »

(1) Ch. II, p. 96.

Le *Mémorial sur la révolution française*, par T. F. Jolly, reproduit un plan d'éducation par Mirabeau, qui ne fut publié qu'après sa mort par le docteur Cabanis (1). Il a été suivi d'un très-grand nombre d'autres également insensés. Dans toutes ces rêveries, la religion est séparée de l'instruction. Ainsi se préparait un avenir sans foi positive, une génération d'un indifférentisme religieux qui devait la plonger dans tous les excès des jouissances matérielles; en un mot, une société froide et indifférente, que des auteurs de nos jours ont appelée une société païenne. Exposons quelques-uns des principes du philosophisme révolutionnaire en matière d'éducation; nous verrons quels fruits devait porter cet arbre corrompu jusque dans sa séve et dans ses racines (2).

D'après le plan de Mirabeau, plus d'universités, plus de congrégations : un collége par département et par district; l'enseignement et la police de ces colléges confiés à leurs administrations; deux ans sous un professeur de grec et de latin; deux ans sous un professeur d'éloquence

(1) Imprim. nation., Paris, 1791; in-8°. — Comme le *Moniteur universel*, ou *Gazette nationale*, ne donne pas *in extenso* tout ce qui concerne l'éducation, nous nous servirons du *Mémorial* cité, pour prendre plusieurs faits.

(2) Les parenthèses sont ajoutées pour l'explication du texte.

et de poésie; deux ans sous un professeur de philosophie et de physique; après quoi les élèves seront gradués et deviendront *citoyens actifs*. Les écoles de théologie, *reléguées* dans les séminaires, enseigneront *en français*, ainsi que celles de droit et de médecine. Une académie nationale composée de trois autres; la première des philosophes, la deuxième des littérateurs, la troisième des savants; cent vingt en tout. Quatre fêtes civiles : 1° de la constitution, qui sera la base de l'enseignement (base qui a subsisté à peu près dix à onze mois); 2° de l'abolition des ordres; 3° de la déclaration des droits de l'homme; 4° de l'armement de la France (en août et juillet 1789, pour commencer ou appuyer la révolte, sous le prétexte de prétendus brigands que l'on cherchait où ils n'étaient pas). Quatre fêtes militaires : 1° de la révolution; 2° de la coalition (des troupes excitées à la révolte contre leurs officiers et contre le roi); 3° de la régénération (complétée par Marat et Robespierre); 4° du serment militaire (à l'impérissable constitution de 1791). Enfin, une grande fête nationale ou fédération réunie à Paris... fête à laquelle « le roi ne pourra jamais assister... sans être accompagné du corps législatif : le président du corps législatif et le roi seront toujours placés à côté l'un de l'autre, sur deux siéges parfaitement égaux.... » — « Il n'y aura désormais aucune cérémonie religieuse dans ces fêtes. »

Cet esprit devait dicter tous les autres plans que nous allons voir se succéder dans les corps législatifs et révolutionnaires.

1789.

L'Assemblée Constituante tint le pouvoir depuis le 5 mai 1789 jusqu'au 1er octobre 1791. Sa mission était de démolir ; elle voulut cependant aussi édifier. Dans les séances du 10 et du 11 septembre 1791, Talleyrand-Périgord, évêque apostat d'Autun, devenu administrateur du département de Paris, lut un rapport sur l'éducation nationale. Au lieu de la religion, c'était la constitution qui devait faire la base de l'enseignement. « Tout proclame, dit-il, l'instante nécessité d'organiser l'instruction ; tout nous démontre que le nouvel état de choses, élevé sur les ruines de tant d'abus, nécessite une création en ce genre... Le moment est venu d'entreprendre ce grand ouvrage... Il faut apprendre la constitution ; il faut que *la déclaration des droits* (de l'homme) *compose à l'avenir un nouveau catéchisme pour l'enfance.*

« Les règles de l'arpentage et du toisé, la connaissance des simples, quelques principes d'hygiène, et quelques-uns de droit, paraissent devoir faire dorénavant partie de l'instruction ecclésiastique dans le nouveau clergé (constitutionnel et intrus) qui s'élève de toutes parts. »

Ce rapport propose des écoles primaires dans les chefs-lieux de canton, des écoles secondaires dans les chefs-lieux de district et de département, un institut général à Paris, pour y réunir et perfectionner toutes les sciences.

L'instruction publique, basée sur la constitution, devait être en même temps la sauvegarde, ou, comme s'exprime de Talleyrand, la partie conservatrice et vivifiante de cette constitution.

Détruire le monachisme des institutions anciennes et élever *sur les ruines de tant d'abus* un système d'enseignement nouveau, capable de créer une ère nouvelle par la diffusion des lumières, voilà le but qu'on se proposait.

« La création des quatre degrés d'instruction, dit monseigneur l'évêque de Liége, ne coûta pas de grands efforts d'invention à l'auteur, puisque cette division était calquée sur la nouvelle division administrative de la France; mais ce qui frappe de prime abord, c'est la facilité qu'elle offrit de faire partir du faîte, de l'école éminemment nationale, une impulsion, une direction générale. Or, la nature d'une pareille direction dépend nécessairement de la base de l'enseignement admise par le législateur; et cette base, dans les quatre degrés de M. de Talleyrand, est purement politique. Ce n'est plus la religion, c'est la constitution.

— « Il faut, dit le rapport, apprendre la con-
» stitution; il faut donc que la déclaration des
» droits compose à l'avenir un nouveau caté-
» chisme pour l'enfance. »

» On le voit : le monachisme a disparu; et la pensée de la Chalotais a trouvé un digne interprète; désormais on formera, non plus une jeunesse imbue avant tout de la connaissance et de l'amour de ses devoirs envers Dieu et ses semblables, mais une jeunesse constitutionnelle, toute préoccupée de ses droits.

» Ce rapport de Talleyrand, si vanté dans la suite, se terminait par un projet de décret en douze articles, dans lequel on se bornait à créer une commission générale de l'instruction publique. Ce projet, qui servit de base à tout ce que l'on exécuta plus tard, tendait évidemment à centraliser toute l'instruction entre les mains du gouvernement. L'on comprit qu'il suffisait pour cela d'organiser un vaste système d'instruction, qui de Paris atteignît tous les rayons de la circonférence. Choix des objets de l'instruction, règlements, direction et surveillance, tout était confié à cette commission centrale, et c'est avec ce puissant levier que l'on entreprenait d'arracher la nation à ses habitudes séculaires, pour faire substituer au catéchisme diocésain le catéchisme des droits de l'homme (1). »

L'*Émile* de Jean-Jacques a exercé une influence pernicieuse sur les hommes qui se sont occupés de l'éducation à la fin du dernier siècle. C'est sous cette influence que « de Talleyrand et les philosophes de la révolution, voulant faire tous de l'éducation sans religion positive, ont tant exalté le code d'éducation, seul sanctionné par la nature, et placé l'auteur, l'ami, le défenseur de la liberté, le promoteur des droits de l'homme, au rang des demi-dieux du panthéon révolutionnaire (2). »

1791.

L'Assemblée Législative succède à la Constituante, le 1er octobre 1791. Elle demande un nouveau plan d'éducation ; Condorcet s'en charge. Les écrits et la conduite de ce sophiste révolutionnaire pouvaient faire apprécier d'avance son œuvre. Il développa son plan à la tribune, et l'assemblée ordonna l'impression du rapport, dans

(1) Ch. II, p. 98 et 100. — (2) Ibid. p. 108.

sa séance du 21 avril 1792. Voici ses paroles :

« Vous devez à la nation une institution au niveau du dix-huitième siècle et de cette philosophie qui présage, prépare et devance déjà la raison supérieure, à laquelle les progrès nécessaires du genre humain appellent les générations futures ; c'est d'après cette philosophie libre de toutes les chaînes, affranchie de toute autorité, de toute habitude ancienne, que nous avons choisi et classé les objets d'instruction publique. Il faut également se garder de faire enseigner une religion particulière et de salarier un culte. Toute religion particulière est mauvaise : la proscription doit s'étendre sur ce qu'on appelle *religion naturelle ;* car les philosophes théistes ne sont pas plus d'accord que les théologiens sur l'idée de Dieu et sur les rapports moraux avec les hommes. »

Son plan établissait :

1° Des écoles primaires pour donner aux enfants les connaissances morales, naturelles et économiques à la place du catéchisme ;

2° Des écoles secondaires pour la grammaire, l'histoire, la géographie, jusqu'à la science sociale ;

3° Cent dix instituts pour les mathématiques, la physique, la littérature et les beaux-arts ;

4° Neuf lycées pour perfectionner ces connaissances ;

5° Une société nationale pour reculer toutes les limites des sciences humaines.

Le citoyen Condorcet ajoute que, l'étude approfondie de la langue des anciens et la lecture de leurs livres seraient plus nuisibles qu'utiles. Il veut des notions de physique pour préserver des fabricateurs ou des raconteurs de miracles. Il voudrait même, dit-il, « que les maîtres fissent de temps en temps quelques miracles dans les leçons publiques. Ce moyen de détruire la superstition (c'est-à-dire toute religion) est un des plus simples et des plus efficaces. Ce plan est plus complet que ce qui existe dans les pays étrangers. Nous avons cru qu'aucune espèce d'infériorité ne pouvait convenir à la nation française. » Il conclut par des actions de grâces à la philosophie, « dont les lumières ont produit la révolution et fondé la liberté et l'égalité. »

Il veut introduire le gouvernement représentatif dans les écoles ; et pour ne rien omettre, il demande des professeurs d'art militaire, ajoutant « que l'obéissance du soldat doit être commandée par la raison.... avant de l'être par la force. » Ce plan professe comme le précédent la perfectibilité. Lorsqu'on y sera parvenu, tout établissement d'instruction deviendra inutile.

Qu'on y fasse bien attention : Condorcet veut une philosophie *libre de chaînes, affranchie de toute autorité, de toute habitude ancienne.* Ce sont les chaînes de la foi, l'autorité de l'Église, les habitudes religieuses et traditionnelles de famille que le sophiste veut rompre. Une éducation nationale sans culte, sans enseignement religieux, une morale sans religion, voilà l'objet des vœux de cet impie philosophe.

De la même façon, ce digne successeur de Voltaire dans la chaire du philosophisme voulait remplacer par la bienfaisance l'*ancienne charité.*

Jusque-là, on avait toujours enseigné la religion aux enfants dans les écoles; mais la religion donne l'esprit d'ordre et les habitudes de régularité; elle prêche la soumission au pouvoir établi: c'étaient des fruits dont Condorcet ne voulait pas faire goûter à la génération nouvelle. Selon lui, *toute religion particulière est mauvaise.* Il ne veut pas même de religion naturelle! La physique devait dominer dans son plan d'études, afin, disait-il, de préserver des sorciers et des fabricateurs ou raconteurs de miracles.

« Il est encore à remarquer que, tandis que Condorcet, dans son système, soumet l'instruction élémentaire à l'action de la puissance publique, il en affranchit toute instruction d'un degré supérieur. Voici ses motifs :

— « Comme la certitude ne peut exister pour le

» système entier d'aucune science, les mathéma-» tiques exceptées, la puissance publique ne doit » influer sur l'enseignement des lycées qu'en éta-» blissant un moyen de choisir les maîtres, qui » réponde à leurs talents sans influer sur leurs » opinions.

» Il serait dangereux, au contraire, d'aban-» donner la direction de l'instruction élémen-» taire, parce que les lumières ne sont pas assez » généralement répandues pour ne pas craindre » qu'elle ne soit pas égarée, soit par les préjugés, » soit par la haine de ces mêmes préjugés puéri-» lement exagérée. — »

» Ce qui veut dire que, pour mettre toutes les générations naissantes à la hauteur d'une philosophie impie, il fallait commencer par s'emparer de l'enfance, de peur qu'elle ne fût égarée par les préjugés religieux, pour la livrer ensuite à un scepticisme universel, devenu inévitable du moment où la suppression de toute religion enlevait aux connaissances humaines tout appui et toute base.

» C'est pour avoir appliqué ces théories extravagantes, que la France a nourri dans son sein une génération sans frein, qui compromet aujourd'hui son repos, sa civilisation et jusqu'à son existence (1). »

(1) *Exposé*, etc., ch. II, p. 112, 113. — Écrit en 1840.

1792.

Le 21 septembre 1792 avait vu s'installer la Convention, et avec elle la fureur de la destruction et l'énergie du crime. Ses lois sur l'éducation ont ce caractère hideux, que, sans religion, elles prétendent être morales et favoriser la morale. Quel délire !

Le 12 décembre de la même année, Chénier fit un rapport aussi révolutionnaire et aussi impie que celui de Condorcet. L'orateur poussa aux dernières limites l'effronterie et le cynisme de son impiété. Néanmoins, dans la séance du 14 décembre, il fut appuyé par Jacob Dupont, qui se déclara athée. « Peu nous importe, s'écrie-t-on, vous êtes honnête homme (1). »

Dans la séance du 21 décembre 1792, on continue la discussion sur l'éducation publique. Tout devait concourir au but du philosophisme révolutionnaire, au renversement des trônes et des autels. Rabaut-Saint-Étienne propose d'établir un temple national par canton, temple où les officiers municipaux enseigneraient la morale au peuple (2). Le 26 juin 1793, le conventionnel Lakanal demande des exercices militaires pour

(1) *Mon. univ.*, 16 déc., nº 351.
(2) *Mon. univ.*, 22 déc., nº 357.

les jeunes gens, un théâtre par canton, c'est-à-dire trois à quatre mille théâtres, pour célébrer les fêtes communales et nationales.

Le 13 juillet, Robespierre lit pendant quatre heures, à la Convention, un plan du régicide Lepelletier; il l'approuve, en louant les vertus de son auteur. Ce plan consistait à élever sous la sainte loi de l'égalité tous les enfants des deux sexes, depuis l'âge de cinq ans jusqu'à celui de onze et douze, dans les vieilles citadelles de la féodalité (les châteaux), et aux frais de la république. A l'étude des sciences, dont on s'occupait peu, l'on substituait la culture de la terre, les travaux des manufactures et des grandes routes, le service des hôpitaux qui devaient, autant que possible, être placés auprès des maisons d'éducation.

Le 25 juillet 1793, Robespierre présente à la Convention un projet de décret, puisé dans ce plan, projet resté sans effet comme tant d'autres.

Le 1er août, on propose d'élever tous les enfants, depuis sept ans jusqu'à quatorze, dans des *maisons d'égalité*, aux frais de la république.

C'était toujours le même principe qui dirigeait la discussion; on n'avait en vue que la ruine de la foi.

Plus de théocratie! plus de théocratie! voilà

la consigne, voilà le mot d'ordre; c'est-à-dire, plus de prêtres, plus d'Église, plus de foi! A la séance du 5 novembre 1793, dans un nouveau plan d'éducation, un conventionnel demande des fêtes nationales. Le but était de détruire le culte catholique en lui substituant l'apothéose de la raison. « Arrachez, dit-il à la Convention, les fils de la république au joug de la théocratie qui pèse sur eux; faites célébrer ces grands pas de la raison qui franchissent l'Europe et vont frapper les bornes du monde; votre génie révolutionnaire déconcerte les rois rebelles à la souveraineté des peuples. Vous avez fait les lois, faites les mœurs. »

Le 21 novembre 1793, à la société des jacobin, Robespierre déclare qu'on cherchait à faire une sorte de religion de l'athéisme lui-même. Il soutient que l'athéisme est aristocratique, et que l'idée d'un grand Être, qui veille sur l'innocence opprimée et qui punit le crime triomphant, est toute populaire.

Cinq jours après, Danton fait à la Convention un discours sur l'instruction publique, qu'il appelle *le pain de la raison*, et sur les fêtes nationales, qui alimentent l'amour de la liberté. « Si la Grèce eut ses jeux olympiques, dit-il, la France solennisera aussi des jours sans-culottides; le peuple aura des fêtes dans lesquelles il offrira l'encens à l'Être suprême, au maître de la nature ; car nous n'avons pas voulu anéantir la superstition pour établir le règne de l'athéisme. »

Pendant le même mois, on porte un nouveau décret sur les écoles primaires, auxquelles tous les parents seraient tenus d'envoyer leurs enfants. Les droits de l'homme, les traits patriotiques et le code révolutionnaire devaient y former le catéchisme.

La sécularisation ne se borna pas à l'école. Par décret du 5 octobre 1793, la Convention nationale, après avoir entendu le comité de l'instruction publique, avait prononcé la suppression du calendrier chrétien, appelé *grégorien* parce qu'il avait été réformé par Grégoire XIII, en 1582. L'on y substitua un calendrier civil et républicain qui pût convenir à toutes les opinions, parce qu'il n'était subordonné aux pratiques d'aucun culte. C'est là le motif qu'assignèrent plus tard à cette invention deux orateurs du gouvernement impérial, Mounier, et Regnault de Saint-Jean-d'Angély, conseiller d'État, dans leur exposé des motifs du sénatus-consulte pour l'abolition du calendrier républicain (1). Les saints avaient été exclus de ce calendrier ; les décades étaient des fêtes républicaines pour remplacer les dimanches et autres fêtes.

(1) *Concordance des calendriers*, etc., p. 56.

Ce nouvel ordre de choses et d'idées devait dorénavant entrer dans tous les plans d'éducation et en être une des bases. On voulait éloigner de l'esprit de la jeunesse le souvenir des saints, de Dieu, des grands et sublimes mystères de la religion; on voulait la paganiser.

Le 7 novembre, on décrète l'érection sur le Pont-Neuf, à Paris, d'un monument qui représenterait « l'image du peuple géant, foulant aux pieds les rois et la superstition, » c'est-à-dire, toute religion, toute autorité. Par décret du 20 brumaire an II (10 novembre 1793), l'église métropolitaine de Paris est nommée *Temple de la Raison*, et la Convention, chantant l'hymne à la *Liberté*, par Chénier, s'y rend en corps pour y honorer une prostituée. Un peu après, elle décréta l'existence de l'Être suprême. Les idées révolutionnaires avaient déjà porté des fruits même parmi les enfants; car, le même jour, l'assemblée reçut à sa barre des enfants, élèves de la patrie, qui y déposèrent le produit d'une collecte faite entre eux pour fêter l'un des régicides, qu'ils voulaient substituer à saint Nicolas, leur ancien patron. Et l'assemblée d'applaudir!

Sur le rapport de Barère, la Convention décrète l'établissement d'une *école de Mars*, dans la plaine des Sablons, près de Paris, où seront admis six jeunes citoyens de chaque district de la république, de l'âge de seize à dix-sept ans, pris parmi les enfants des sans-culottes, les plus robustes et les plus intelligents. L'orateur ajoute : « Qu'ont rétabli depuis quatre ans les législateurs? Rien... Il s'agit d'une manière prompte de révolutionner la jeunesse (1). »

Le 24 octobre, le conventionnel Lakanal fait un rapport sur les écoles normales et présente un projet sur leur organisation. Il est forcé d'avouer, au nom du comité d'instruction publique, l'impuissance de tous les efforts faits par la révolution. « La révolution depuis cinq ans, disait-il, n'a encore rien fait pour l'instruction... Le temps devait être en quelque sorte le professeur universel de la république;... c'est le moment où il faut rassembler dans un plan digne de nous, digne de la France et du genre humain, les lumières accumulées par les siècles qui nous ont précédés. » Il sera curieux de voir si, dans la suite, on a soumis des plans plus heureux.

Le 30 du même mois, Lakanal fait décréter pour Paris une école normale, où seraient appelés, de tous les points de la France, des citoyens *déjà instruits,* pour apprendre l'art d'enseigner. L'histoire de ces temps de délire rapporte que l'un des professeurs de ces écoles, faisant l'ouverture solennelle de son cours, le

(1) Séance du 13 prairial. *Mon. univ.*, 3 juin 1793, n° 255.

20 janvier 1795, commença par gémir sur les erreurs de Leibnitz et de Newton. Puis il félicita ses élèves du bonheur qu'ils avaient d'être appelés à l'école normale, pour former ensuite des instituteurs qui devaient donner une éducation dégagée de tous les préjugés, c'est-à-dire, affranchie de toute idée religieuse.

Formés dans une atmosphère d'athéisme, imbus de principes impies et destructifs de l'ordre, ces instituteurs allaient à leur tour ouvrir des écoles normales dans les départements, « pour transmettre aux citoyens et citoyennes qui voudraient se vouer à l'instruction publique, la méthode qu'ils auraient acquise dans l'école normale de Paris. » Quinze jours après l'ouverture, la Convention accorda à cette école 30,000 francs pour distribuer des livres aux élèves. On devine quel devait être le choix de ces ouvrages.

Cette institution passa vite, comme toutes les autres qui l'avaient précédée. Dans la séance du 16 avril 1795, Thibault demande qu'il soit délivré des passe-ports aux élèves dont le cours est terminé. Massieu, Pénières et Fourcroy font adopter le renvoi au comité, malgré l'avis de Romme, qui demande la suppression, parce qu'il ne voyait dans cette institution qu'un charlatanisme organisé. Quelqu'un voulant faire différer la suppression de cette école, un conventionnel s'écrie : « Les plus courtes folies sont les meilleures. » Ceci se passait trois mois après l'ouverture de l'école. Le 26, il est fait un rapport par Daunou, et un décret pour la clôture des cours de l'école normale. Un des dix ou douze membres du comité d'instruction publique s'oppose à la dissolution immédiate; les motifs qu'il allègue sont un aveu de l'impuissance où est réduit un enseignement sécularisé.

« Quand vous n'avez laissé subsister, dit-il, aucun vestige de l'ancienne instruction... lorsque vous n'avez pu mettre en activité vos écoles centrales, ni vos écoles primaires, est-il bien urgent de dissoudre une institution, sans doute imparfaite, mais la seule au moins qui représente aujourd'hui et celles qui n'existent plus et celles qui n'existent pas encore? »

L'école normale fut supprimée par décret du 19 mai.

Le 28 octobre 1795, un quinzième plan, présenté au nom du comité, propose vingt-quatre mille écoles primaires, environ quarante mille instituteurs et institutrices pour la direction de trois millions six cent mille enfants. Ces écoles primaires devaient enseigner la *morale républicaine*, au lieu de la morale de Jésus-Christ. Le même jour, un conventionnel propose des *chaires de morale calculée* et « renverse les tréteaux antiques et modernes des saints Pères, qui ont, dit-il, rempli pendant quinze cents ans l'Europe de leur démence. »

Et quels maîtres furent chargés de l'exécution de tous ces plans criminels? Il suffit de citer un seul exemple; la logique suppléera le reste. Tallien dénonça à la Convention « un jeune homme de 19 ans, mis à la tête de l'instruction publique et envoyé dans un département du Midi, où il avait fait couler le sang, pour s'applaudir ensuite du nombre de ses victimes auprès de Robespierre! »

Nous omettons d'autres plans proposés par le comité d'instruction publique de cette fameuse Convention, qui disparut du théâtre de sa honte le 26 octobre 1795.

1795.

Sous le Directoire, formé le 1er novembre, le conseil des Cinq Cents et des Anciens, il y eut de nouveaux scandales.

Le Directoire établit l'Institut, des écoles spéciales et centrales. On peut juger des doctrines des écoles de médecine par le discours prononcé par le citoyen Chaptal, le 22 octobre 1796, à l'ouverture de celle de Montpellier.

« L'anatomie et la physiologie, y est-il dit, doivent être la base de l'éducation de l'homme; et si telle eût été la marche de l'éducation dans les siècles qui nous ont précédés, nous n'eussions jamais vu des imaginations déréglées créer des mondes imaginaires et substituer des fantômes à des réalités. Nous n'aurions pas à gémir aujourd'hui sur les maux que la superstition a causés à l'espèce humaine; et le genre humain, oppressé sous vingt siècles de fanatisme, aurait déjà couronné le faîte de l'édifice des sciences, si l'étude expérimentale de l'homme avait pris la place de son étude métaphysique. Contemplez l'homme... la similitude de sa construction physique avec le plus grand nombre des êtres de la nature nous marque assez sa place, et nous apprend ce que nous devons penser de ces prérogatives (de spiritualité, d'immortalité de l'âme) que le délire d'un orgueil ignorant a données à l'espèce humaine. On n'a jamais vu les médecins consacrer dans leurs écrits les maximes de ces imaginations à la fois délirantes et tyranniques. Ils ont eu la sagesse de se taire, ou le courage de dévoiler des vérités qui, en faisant connaître à l'homme l'homme lui-même, le dégageaient du terrorisme des prêtres (par la suppression de la vie future). Aussi a-t-on fait de tout temps aux médecins un reproche (d'athéisme ou de matérialisme) qui les honore. »

Fourcroy, dans un rapport au conseil des anciens sur les écoles centrales, veut que les jeunes gens, en sortant de ces écoles, ne soient plus obligés « de chasser les préjugés et les erreurs de tous les genres pour faire place à quelques vérités. » Ce qui revient à bannir de l'enseignement la morale de Jésus-Christ, comme préjugé et erreur, pour faire place à la morale républicaine, comme vérité.

Tous ces moyens essayés sans succès ne firent que mettre au grand jour la stérilité de tout plan d'éducation qui n'a pas la religion pour principe et pour base. Les auteurs ou partisans de ces frivoles projets se virent forcés d'avouer la honte de leur défaite. « Il est trop vrai de dire, disait un député des Cinq Cents, le 31 mai 1796, que nous n'avons encore rien de bon. Il existe des établissements, des professeurs entretenus; mais je ne vois d'élèves nulle part. » On lit dans le *Moniteur* du 11 juillet 1797 : « Ce qui a droit de surprendre, c'est qu'à la fin du XVIIIe siècle, sous un gouvernement libre, et lorsque l'Europe entière se débarrasse de la rouille des siècles d'ignorance et de superstition, et s'élance vers les lumières et la liberté, il se trouve des hommes qui se chargent du rôle peu honorable de calomnier la liberté et les lumières, et qui ont conçu l'extravagant projet de faire rétrograder la raison humaine. »

Le 14 juin 1796, Gilbert des Molières déclare, dans un rapport financier, que l'instruction publique est nulle et sa dépense effrayante... « Il y a des endroits, ajoute-t-il, où le nombre des professeurs excède celui des élèves... La partie morale de l'éducation est absolument négligée, et c'est celle qui touche les hommes qui ont des opinions religieuses. Ces opinions humanisent le riche, elles soutiennent le malheureux, elles empêchent l'homme heureux de s'oublier. Il n'est point de véritable morale sans opinions religieuses. La gloire d'une nation consiste sans doute à former de grands hommes et à faire de grandes choses, et l'on s'enorgueillit de voir une génération produire quelques philosophes profonds; mais il y aurait de la démence à vouloir former un peuple de philosophes, et je ne connais rien de plus difficile à gouverner.

» Autrefois, l'instruction publique ne coûtait presque rien; les grands établissements se soutenaient par des pensionnats; mais les pères et mères veulent que leurs enfants reçoivent des principes de morale et de religion, et ils ont raison. »

C'était un moment de réaction. Il ne fut pas de longue durée. Le 5 février 1798, un arrêté du Directoire chargea les administrations municipales de faire, au moins une fois chaque mois et à des époques imprévues, la visite des écoles particulières, à l'effet de constater :

« 1° Si les maîtres ont soin de mettre dans les mains de leurs élèves, comme base de la première instruction, les droits de l'homme et la constitution, ainsi que les livres élémentaires qui ont été adoptés par la Convention.

» 2° Si l'on observe les décadis; si l'on y célèbre les fêtes républicaines, et si on s'y honore du titre de citoyen. »

Au commencement de 1799, tout le monde sentit le vide de toutes ces théories républicaines, de toutes ces spéculations païennes ou athées. Un député eut le courage de louer les écoles chrétiennes, dont quatre, disait-il, suffisaient jadis aux besoins d'une ville de vingt-quatre mille âmes.

Le 18 brumaire an VIII (9 novembre 1799), Napoléon mit fin au Directoire et aux rêves philosophiques; mais les principes désorganisateurs et impies s'étaient déjà glissés dans l'esprit de la génération nouvelle. La France se ressentira longtemps encore d'avoir subi le joug d'une éducation sans foi, de maîtres sans pudeur.

FIN.

CONDITIONS D'ABONNEMENT AUX PRÉCIS HISTORIQUES.

Tous les mois, 2 petits volumes in-18. — La *Collection* d'une année formera donc 24 livraisons. — 5 fr. pour une année. 5 fr. 50 par la poste, pour la Belgique. — 5 fr., plus l'affranchissement, pour l'étranger.—Chaque petit vol. de 36 pages se vend aussi séparément, 25 centimes; 15 fr. le cent.

Opuscules de la Collection.

ONT PARU AU 15 AOUT :

Les trois Martyrs du Japon, de la Compagnie de Jésus.

La Confession est-elle une invention des prêtres, publiée au XIIIe siècle? Extrait du P. Scheffmacher.

Épisode de la déportation des prêtres en 1794. Récit fait par un de ces déportés.

Sagesse de l'Eglise dans la Béatification et la Canonisation des Saints. Exposé des procédures et des cérémonies. (Deux livraisons.)

Opinions sur l'Origine des Béguinages belges, par Éd. T.

Influence sociale de la Semaine Sainte. Extrait des conférences de Monseigneur Wiseman.

Coup d'œil sur l'histoire de la Réforme du XVIe siècle, par l'auteur de *Mes doutes*.

Lorette ou Translation de la Santa Casa. Extrait de l'abbé Caillau.

Un Concile. Extrait de Bergier.

Des Services que l'État religieux a rendus à la société.

Salazar, ou la Chapelle expiatoire du très-saint Sacrement de Miracle, à Bruxelles, par Éd. T.

Le Saint Concile de Trente. (Extrait de Bergier).

Les neuf premiers Compagnons de saint Ignace de Loyola. Extrait des *Tableaux du Père d'Oultreman, S. J.*

Un mot sur l'éducation révolutionnaire, par Éd. T.

PARAITRONT :

Le Dimanche, au point de vue social.

Principes sur lesquels s'appuient les historiens apologistes pour défendre l'Église.

De l'Origine des Croisades, au point de vue philosophique et apologétique, par Éd. T.

De la Tradition.

Le Déisme et la Révélation.

Séjour de saint Pierre à Rome.

www.ingramcontent.com/pod-product-compliance
Ingram Content Group UK Ltd.
Pitfield, Milton Keynes, MK11 3LW, UK
UKHW020508180726
13839UKWH00004B/1982

9 782329 605692